U0068407

時間的迷霧

莫云

【推薦序】

世事無常，人生如寄

——莫云詩集《時間的迷霧》序／旅人

莫云，國立台灣大學中文系畢業的高材生，能詩、能散文、能小說，得過各種文學獎項，文學甚有成就；主編《海星詩刊》多年，對詩壇貢獻頗大。本詩集《時間的迷霧》諸詩之寫作，大多是在其主編《海星詩刊》期間完成的。主編工作繁忙，但她仍儘量抽出時間寫詩，若非愛詩人，何必這麼勞累。本詩集有八十二首詩，分成六輯，並以〈時間的迷霧〉這首詩，作為詩集的書名。全書內容豐富，形式優美，處處閃爍作者的詩性智慧，能使讀者品嚐到其心智及藝術的果實。以下就本詩集的特色，分成三項說明。

一、短詩精美

本詩集有不少的短詩，異常精美，大多集中在第四輯「和春天有約」。這裡所說的短詩，指五行之內的詩。例如〈芒花〉：

渥髮，在水岸
摹寫一筆抗風的狂草
卻只蘸了
滿頭蒼茫秋色
愈搔，愈長——

此詩五行，精巧美妙。「摹寫一筆抗風的狂草」，藉書法上之狂草來形容芒草在秋天的生長繁茂，芒花綻放得碩長。作者古典詩詞的底子，打得不錯，因此寫起新詩來，詩語凝練唯美，鮮有歐化的文字。又如〈烈燄〉三則中之第一則〈大暑〉：

「鳳凰花開／灼灼／一樹火鑄的蝶」

用與「烈燄」相關的意象紅色的「鳳凰花」及一樹火鑄的「蝶」經營本詩，給人有「大暑」的直覺感受，美也自然呈現了。

二、時間沉思

前面已述及作者以〈時間的迷霧〉一詩，作為本詩集的書名，可見作者重視此詩，藉以沉思、探索時間。時間如迷霧，令人難解，所以奧古斯丁曾云：「什麼是時間，如果有人問我，我知道；如果要求我解釋，我就不知道。」現在來看看這首〈時間的迷霧〉：

車窗外，那婦人
鉗起一顆熾紅煤球
時光　瞬間跌落

——半個世紀的溝壑

暗黑的黑暗中，有光
倏忽　眨、閃、
是一朵朵
　焚心的火？
是一盞盞
　殺戮的眼？
烙記著
東方西方逐鹿的爭戰
血淋淋　撕裂了
一體成型的北與南
水田上，懷舊的斗笠
依然向春日的大地彎腰

那頭反芻著記憶的老牛
卻遲遲　走不出時間
迴蕩的迷霧……

這首詩，是作者赴越南河內旅遊而寫下的詩。「時間的迷霧」是本詩的題旨，顯示作者覺得時間如迷霧，時間的流逝，戰爭的殘酷，使越南分裂成南越與北越。第一段倒敘時間，中段敘述昔日戰爭景象，末段寫現在的時間，回扣題旨，詩句很美，如云懷舊的斗笠向大地彎腰，老牛走不出時間的迷霧等。作者除了寫迷霧的時間之外，也寫無常的時間，如這樣的詩句：「卸下苦厄的重擔／流放一步一回頭的踟躕／長夜已盡，又何須／苦戀這紅塵輾轉反覆／人世風雨總是無常？」〈放一盞水燈〉。也寫忍耐的時間，如「抗拒過十七個春天的挑逗／那隻蟬，破土——／只為一聲撕裂天空的鳴唱」〈始終〉。也寫傷感的時間，如「猛一轉身，／你又撞上不告而別的青春」〈走過〉。也寫失去的時間，如「午後，陽光猶溫／生命的初雪未落／青春卻已倉促離席／只留下滿地暮色／微醺，映照著／影子愈拉愈長的記憶」〈青春，曾經飛揚〉。也寫等待的時間，如「風走過，妳／以漫天旋轉的娉婷

／飄零…只為信守／乘願再來的約定」〈風，有信〉。以上作者寫迷霧的時間、無常的時間、忍耐的時間、傷感的時間、失去的時間及等待的時間等，都是對時間的沉思、探索，而這些各種不同的時間，給人「世事無常，人生如寄」的悲感。

三、旅遊見聞

本詩集，亦有不少的旅遊詩，書寫旅遊各地的見聞，寫得生動，細緻。例如〈仲夏・愛琴海〉：

「蘸一筆／純淨天色，漆刷／一扇又一扇晴朗的木門／再蘸一筆無痕水色／塗遍這島上／每一扇看海的窗櫺／／炎陽下／過境的雲朵都已遠走／這炫眼的潔癖雪色／只能留給路過的浪／或者，留給／不容塵勞塗鴉的粉牆／／這天空海闊的滿檔浪漫／已容不下俗世多餘的色彩／只有或深或淺的／藍／只有一色執拗的／白」

這首詩，描寫島上房子的顏色細膩，觀察深入。「只有或深或淺的／藍／只有一色執拗的／白」。愛琴海島上的房色，只有藍與白，其他的顏色都排除掉了。再看一首也是旅遊詩〈細雪紛飛〉：

「夜，打了個寒顫／最後一聲蟲鳴就此消音／／枝椏上／怯怯探頭的緋櫻／哆嗦著，冷眼／圍觀一盞溫暖燈色／／光束中紛飛的細雪／霏……霏……／搔撓著／旅人心頭霏霏飄舞的／……閒愁」

這首詩，寫東京寒夜，情景交融。作者心中的閒愁，對上心外細雪紛飛的景色，有一種孤寂的感受，感受到人生如寄。詩中有畫面，有音響，作者的筆觸，於雪中冷冷，但期待有一盞溫暖燈色臨身。

CONTENTS

輯一　有所思

輯二 螢光流過

輯三 非關天問

輯四 和春天有約

輯五 極目

輯六 千陽之外

輯一

有所思

冥想（二帖）

*之一

你不喚山
群山雜遝奔來
頭角崢嶸
圍堵著出走的靈魂
肉身，瞿然——
無處安住

*之二

彼岸花，一朵
一朵、盛開
拓印一朵一朵血漬的
千江月暈
你，隔水不呼
…渡…

初心

——致白萩先生

天空
當然還是祖先飛過的天空
一隻被禁錮人間的雁
以詩，飛越自我
飛向遙遠的天際線

負載一身桀驁的文字
飆速——
穿過時代狂烈的颶風

穿透夢魘沉沉⋯
凝滯的渦漩⋯
振翅，驚起
季節更迭的陣陣急雨！！
將垂垂老去的
萬里層雲千山暮雪
一一拋擲腦後

雲翳外，只有
地平線上那株兀立的絲杉
依舊直挺著腰桿——
攘臂，向冷漠的天空
冷冷地抗議

＊前兩句引用白萩先生〈雁〉的文字，末段出自〈流浪者〉。

始終

句點，別急著劃下
那些攸關剎那與永恆的故事
都需要一再被顛覆

用晨光鍍金羽衣，這一夜
霏⋯霏⋯消融如雪的蜉蝣
何曾中斷朝夕翩飛的念想？
不甘零落成泥的花魂
終將在季節複製的舞台復出

抗拒過十七個春天的挑逗
那隻蟬，破土——
只為一聲撕裂天空的鳴唱

而你是暗夜不寐的歌者
行經生命幽邃的甬道
始終相信　潘朵拉的盒子裏
潛藏著一個宇宙之外的
宇宙

*詩經《曹風》：「蜉蝣之羽……麻衣如雪。」
*註：北美洲有一種名為布魯德（Brood）的蟬，蟄伏於地底長達十七年方破蛹而出，鳴叫聲高達九十分貝。

浴火的月影

月，亮起
聚光輻射的冷豔
引燃孤島上
獨棲的樹

驚醒的火舌
瘋狂　舔舐一樹炭紅色身
每個熱吻，都烙印
莎樂美魅惑的唇

誰說美與愛，愛與
死，是命定的無可救贖？
一輪臨水的月
重升……
在詩的鏡像裏

＊後記：二〇一三年春，驚聞詩人楊風先生畫室遭祝融之災，《海星詩刊》第九期封面畫作〈月影〉亦遭火劫有感。

走過

走過昨日
總是和往事在街角相遇

往事光影凋零。。。
走過荒蕪的時空
你看見失散的童年
在老屋門前招手
歡快的笑聲
從一條街道
跑過另一條街道

猛一轉身
你又撞上不告而別的青春

告別青澀的青春
走過陽光，走過
歲月裏的驚風急雨
從一個季節到另一個
季節，你走過——
背負光影紋身的寒暑
如野雁　穿越
一枚燃燒中的落日。

長夜

時間的街角
跫音疏離
世界逐步老去

天河清冷
星子紛紛碎裂
如心事崩解
在失重的宇宙間
渦漩……

夜的荒漠中
寂寞比夢境深邃
夢，比夜更
幽遠

沉墜

夜，棲息在時間盡頭
星子收斂光的羽翅

天河駭然驚醒
張臂，撐起
滿天離離垂墜⋯
懸而未決的心事⋯⋯

風，穿越
筆墨深淺濃淡的人世

激濺起

一窗淋漓殘夢

*後記：拙作〈長夜〉一詩，由書法名家吳麗琴女士揮毫，於2015年《海星詩刊》「翰墨詩香」詩書聯展中，懸掛「市長官邸藝文沙龍」圓窗旁。飛揚靈動的筆墨，令人驚豔。

青春，曾經飛揚

——翻閱一張發黃的照片

初冬午後
陽光依舊年輕
滿室破窗而出的笑聲
驅散了長日
流連不去的輕寒

歲月在季節的倒影中迴轉
星空下，我們曾經有夢
用光速攀爬天梯

用友誼的溫度，煨暖
彼此眼中青澀的迷惘
將世界掬捧在掌中
年少的心
是不畫邊境的地圖

午後，陽光猶溫
生命的初雪未落
青春卻已倉促離席
只留下滿地暮色
微曛，映照著
影子愈拉愈長的記憶……

遠行

來不及向人間告別
妳匆匆走進遙遠的夜
將沉睡的軀體
遺落在　加護病房
緘默的黃昏裡

夕陽都熄火了
山外還殘留著
遲遲不肯離去的笛聲⋯

忘川渡口
妳可曾回頭——
隨著蹀躞的音符
細數老屋庭院中
一朵一朵的⋯⋯花落

*後記：寫給因車禍重度昏迷多日，終究撒手而去的老友。

風，有信

——桐花飄落

風來，我聽見
妳以熟稔的耳語
招喚我
奔赴一場晚春的盛宴

彷如從不缺席的季節遞嬗
枝頭上星星點點的白
瞬間引燃滿山
一發難收的雪色
皚皚

帶著幽微的冷豔
妳以一樹清麗的素顏
坦然面對擾攘人間
靜心
等待又一陣風來

風走過，妳
以漫天旋舞的娉婷
飄零⋯只為信守
乘願再來的約定

春盡

——紅樓夢醒

荼蘼花謝了。
驚起
滿園戀枝的飛鳥

繁華落幕，散戲時
前世今生積欠的
淚，都已還諸天地
那青春的紛紅駭綠呵
原來　只是過場的佈景

秋還在門外
這跫音緘默的荒蕪中
只有風，只有
冷月下的花魂
兀自傳遞著幽微耳語：
「樓塌了緣滅了
原—應—歎—息——」

＊《紅樓夢》花籤：「開到荼蘼花事了」。
＊賈府四媛：元春、迎春、探春、惜春。

盜夢者

看不見的
一隻手
從時間的罅隙伸出

它的眼
從黑夜的裂縫中窺伺
它沉默的影子
從潛意識的缺口
側身，侵入

猛一出手
它就擄掠了
你心中那匹　撒─蹄──
衝破地平線的
野
馬

詩海星光

——和蔡忠修〈給海星詩刊〉

仰望，有光
星子紛紛俯身探問：
痛嗎？
那驚濤裂岸之後的戛然

風止步——
海說：不寂寞
千嶂下
德布西的樂章熠熠

詩與心靈的對話
依然交響、澎湃、、、

＊註：德布西交響曲《海》第三樂章為「風與海的對話」。

沉

碰然一聲，他看見
遊離時空之外的
自己，自涯岸墜落——

滿載創痕累累的沉重
沉沉，衝開水壓
衝散浮力，衝破
—薄脆的地殼—

那樣沉痛的決絕啊
他知道
那顆深埋海底的心
再也不會浮出水面了

有所思

有風，在耳際
絮叨前世斷續的私語
有些忐—忑—
在胸臆，頻頻
叩問騷動的靈魂

有光
滲透心底的秘境
在你眼中
粼粼…流轉……

絮叨

——寫給高齡失智的母親

說了八百個八百遍⋯⋯
故事
都已鏽成了斑駁的黃昏

「妳外公心裏那歡喜啊
好像天上跌落月來——」

那歡喜，是一片冰心的祈願
兩千九百多個日與夜的

翹首，最圓滿的一輪銀月
終於應聲滑落懷中
化為合掌掬捧的明珠

「整整三天三夜呢
供在祖先牌位前的那杯水
沒有一隻螞蟻或蚊子失足」

始終相信神諭
一杯水的蝴蝶效應
就是一世承諾的牽繫
是柴米油鹽的年復一年
與九千多個夜與日的輾轉
有夢，或者不曾入夢

「不說你們怎知道
　那一整條綢布街呵
　就數我穿得最漂亮」

一襲旗袍的花色時新
緊裹著半生歲月的豐腴
擦肩而過的幾縷粉香
幽微地，串連起頻頻跳電的記憶
嗯⋯她髮際那朵不老的茉莉
可還斜簪著古典的朝露未晞？

「給我作什麼壽？
　那可會被閻王點燈做記號⋯
　咦？妳是誰啊我在哪？」

推窗，推開
選擇與不可選擇的遺忘
她默默　拉起一床暖色的
月光，蓋在瘠瘦的身上

*註：外祖父母結褵八載，始得長女。
*補記：寫於2014（父親辭世已廿六年）；翌年，母親以九七高齡過世。

輯二

螢光流過

秘境

——在礁溪遇見一隻藍眼睛的貓

她的眼
是兩汪澄淨的
海，潛游著
多少未被馴化的基因

掖藏起夜色掩護的野性
抗拒陽光眩惑的挑逗
水漾的，那半瞇的瞳孔
是直達她心底的

火山口，蟄伏著
無預警噴薄的蠢蠢欲動
磁吸住你聚焦的驚艷
她眼中兩框清朗的天空
映照的，是誰
——深邃無解的懸念？

天鵝湖狂想曲

——仲夏遊明池

誰說百年一夢
穿越童話的時空
我聽見你
以熟稔的笛音
喚醒我沉睡的靈魂

穿越無間幽谷
撥開纏綿的深林迷霧
我游向你
以百年不變的舞姿

履踐三生石上的約定

旋舞，再旋舞
揮別離心的夢魘
揮去黑與白的魔咒
游向你……

不要懷疑
這一身華麗羽色
只是我
前世未及更換的舞衣

*後記：「明池森林遊樂區」位於北橫途中。池中有隻黑天鵝，與每日在池畔吹奏黑管豎笛的人譜出一段「人鵝戀」的傳奇。
*又：「天鵝湖」是柴可夫斯基創作的芭蕾舞劇，經常由一人分飾黑白天鵝兩角。其中最經典的是第三幕由黑天鵝獨舞卅二圈的「揮鞭轉」。

雲霧深處

——訪張學良清泉故居

夢已老
枕畔的煙硝猶在
千里外，陽光也還年輕
彷彿昨日
才說要把天捅破
猛回首，你已自雲端墜落
斂收起一身扎眼的鋒芒
你，是謫落人間的孤星

是歷史的共業
環環交扣成生命的鎖鏈
牢牢困鎖著桀驁的蛟龍
走入遺世的空山
我聽見你心底苦悶的巨吼
聲聲震撼著天地
卻掙不脫這滿山沉沉的
雲繚霧繞……

這靈魂無止盡的流放啊
所幸有紅顏一路相伴
任他時空千迴百轉
將軍白頭——
美人終究不敵遲暮

而你眉宇間沉默的英姿
已被歲月深情的眼眸
暗中凝鑄

＊註：西安事變發生時，張學良曾說：「我把天捅了個窟窿！」
＊又：國民政府遷台後，張學良與趙一荻女士曾在新竹縣五峰鄉的清泉部落，度過十幾年的幽居歲月。

那一夜，螢光流過

——夜遊南港茶園

關閉耳目的紛擾
這引擎過熱的紅塵聲色
就此熄火——

穿越闃黑的幽林秘道
你潛入
夜的邊境，偷窺
是誰將天河倒轉？
讓猝然失足的星子

在瞬間異位的時空中
驚駭眨眼，蝟集著
以粼粼冷光
探詢彼此急促的心跳
慌惶解碼了
這人世忐忐忑忑的
緣起……
……旋滅

他的背影

一腳淺一腳深
赤足，涉渡生命的河

暴虐的陽光
一路鞭笞著他佝僂的身軀
汗水在壓低的斗笠下奔流
單車嘎吱呼痛的呻吟
被湍急的水聲吞沒
雙手緊握不放的，始終是
生活的軛——

負載著一個時代的沉重
那顛躓前行的背影
正是你的我的他的
父親，從來不曾走遠⋯

＊後記：2015年春，詩人楊風贈畫有感。

穿越

釋出怠速的音符
追緝——逃逸的青春

（睏倦的暮色
依舊滯留在熟識的水岸
故鄉燜燒的黃昏
想必還有著故事的餘溫）

三岔路口
攔路的紅燈

倏然攔截滿街匆忙腳步
未及煞停的喧囂
都被置入場景錯位的荒謬

（新世紀的夜空
月已無愁，光害中
黯淡的星子是否不再流淚？）

磁附魔幻的歌聲
他／她，投身
流盪的夜風，來／回
搜尋著⋯綿綿老去的舊情

＊後記：週末傍晚，在西門町聽街頭藝人演唱台語老歌。癡惘中，不覺夜幕已降。

夢土

——觀邊城振輝油畫展

他用色彩陰晴
調節　夢的體溫
苦思著，如何柔焦
芹壁花崗岩上堅硬的陽光
馴化鐵堡岬角下狂野的潮汐

走訪濤聲遠近的村落
獵捕邊城剛出爐的日出

印象。踩著月色昏晦
掬取　鮫人夜泣的藍眼淚
他在靈感不設防的畫布上
一筆、一筆、、
收納島嶼遊蕩的光影

心繫南竿的風⋯北竿的雨⋯
濾淨季節流轉的悲喜憂歡
他，用植根土地的夢
——為故鄉著色

放一盞水燈

——中元節印象

脫卸一件又一件
纏身的罣礙
放手——
讓漂泊的靈魂
回歸生命最初的袒裸

卸下苦厄的重擔
流放一步一回頭的踟躕
長夜已盡，又何須

苦戀這紅塵輾轉反覆
人世風雨總是無常？

放手，讓澄靜的心
安渡生命最後一段長河
遠離暗夜潛伏的魅惑
從此岸順流……
到彼岸，莫回頭
我已為你
點亮一盞前行的燈火

開卷

——大菓葉柱狀玄武岩

一行推衍天地曾經玄黃
一行探究宇宙幾度洪荒

另一行，註記
滄海前世映照的桑田
或者，解讀月光與潮汐
推移時空的角力……

無畏冰與火的淬煉

穿越百千萬劫的物換星移
我兀自蘸著潛流心底的
血與熱，鐫寫
這一冊——
未完稿的天工日誌

*後記：大菓葉柱狀玄武岩位於澎湖西嶼，為千萬年前海底火山熔岩冷卻形成。顏色土黃，長排陳列，遠看彷如開展的竹簡書冊。

赤嶼踏浪

——遊奎壁山玄想

西奈山頂
神諭爆發雷霆震怒
穿透時空脫頁的舊約
杖指處——
風雲奔湧，日與月
暫停勝負零和
隔空牽引的角力

兩軍對壘的潮浪

紛紛馴服、撤退
海水豁然撕開
戰火劫後的焦土，磊磊
袒露歷史與神話的殘骸
續寫斷裂的毀滅，或者重生

路盡處，那滿臉掙紅的島
不是原生的罪與罰
不見應許的奶與蜜
只是人間
一則遺世而不獨立的驚奇！

*後記：澎湖北寮村的奎壁山至赤嶼間，每天海水退潮時都會露出一條數百公尺的玄武岩步道；宛如聖經舊約所述摩西帶領猶太人出埃及時，紅海應聲分開的奇景。

流轉

——春日重遊太魯閣

才說百年一瞬
你就聽見峽谷深處
時間
轟—然—奔來—

這一路，山路轉了又彎
彎了又轉
燕子歸來已不相識
只有九曲洞口新生的蘆竹
頻頻探頭打量著一波

又一波　眼生的紅塵過客
只有山壁上定格的石鯉
依舊苦苦思索著
如何破解梅杜莎的魔咒

路轉山轉
驚歎的視線始終轉脫不出
山石與溪聲糾纏的迷宮
溪聲不遠……
你的心啊，就此迴繞著
一路轉進了
山水繾綣的地老天荒

＊註：「鯉躍龍門」是形似鯉魚的巨岩，為太魯閣著名景觀。
＊又：梅杜莎為希臘神話中的蛇髮女妖，凡人一接觸她的眼神，立即化作石像。

陸封

——七家灣溪的櫻花鉤吻鮭

正是這一身雲紋櫻烙的胎記
解密了
我冰封萬年的身世
復育出尚未石化的記憶

冰河裂解的時刻
肯定伴隨陣陣驚天奔雷
地殼慌惶推擠，群山

駭然破海而出——
嵯峨　如狼牙戟立
將我困鎖這榛莽島嶼

猝然切割的斷章
攔截一路唼喋的秘語
篡改了生死迴轉的宿命
重新洗牌的基因
重重禁錮著我
時空錯亂的靈魂

荒山夜長
那無端吹皺一溪清冷月色的
可是來自遠洋的風
捎帶著失散族群

怦然、、、、

與我同步悸動的心跳？

＊後記：櫻花鉤吻鮭是冰河時期的孑遺，因地殼變動被留困高山，改變了降海迴游的習性。

輯三

非關天問

老歌

——給一個餐廳走唱的菲籍歌手

往事離家五百哩
鄉音隨風熄滅
昨日漸冷的餘燼
已成今天貼地的死灰

只有妳，依舊
拉扯著鏽蝕的嗓子
反覆追問：
能否，能否再來一回？

The answer is blowing in the wind

倒數著落日
妳是繞樹三匝的漂鳥
看盡燈色冷暖，對酒
放歌——
任人間一夕老去

Let it be, let it be ------

*註：500 miles，Yesterday once more，Today，Blowing in the wind，Let it be，都是英文經典老歌。

她，為什麼哭泣？

她的哭聲，是午後一陣急雨
無預警的潰決——
沖垮了一整條街匆忙的腳步

她纖弱的身影
是小小雛菊半開在晚秋的風裏
微顫的肩膀，彷彿
扛不住一整個季節的憂傷

「她明亮的世界，是否⋯⋯
闖入了黑暗的難題？」
「電話線那頭，是不是她
應聲崩解的宇宙？」

青春的嚎啕
滿紙成長的問號
她的哭聲，揪痛了
一整座城市僵硬的神經

＊後記：在街上看見一個講手機的少女，突然放聲大哭，不能自己，引來路人駐足側目。

惡火

指數破表的歡笑
驚爆夜空，也驚醒了
那隻嗜血的惡龍

一翻身，怒吼著
掙脫神話與魔咒的鎖鍊
從煉獄的裂縫躥出
張口　噴吐毒辣火舌
強吻每張被粉塵迷惑的笑容

怒吼著咆哮著
襲捲滿場紅黃藍綠
滾滾翻騰的哀號與問號
大口吞噬了一片
——猝不及防的青春

*悼記2015年新北市「八仙樂園」塵爆事件。

那個拾荒的老婦

沒有人知道她從何處來
手推車裏堆滿
無法回收的歲月
與沉－沉－超重的命運

蹣跚穿行大街小巷
用枯涸的眼光
飢渴地狩獵每一個
落單的空瓶紙箱
或者，扯著皸裂的嗓音

啜啜乞求零碎的憐憫

蔫著頸萎著腰

浮沉人來車往的聲浪

那瑟縮的背影愈漂愈遠

終於淡出⋯⋯

⋯⋯在暮色深濃中

沒有人，追問她的明日。

闇夜

黑色星期五，哭泣的
塞納河，黑色星期五
不浪漫的花都
艾菲爾鐵塔腳下連串的觳觫
香榭里舍咖啡不再飄香
旅人流動的饗宴停擺
聖母院徹夜未眠的鐘樓
等不到白鴿銜來新綠的橄欖枝

法蘭西體育場外幾聲驚爆
踢翻了八萬個聚焦的笑容
巴塔克蘭劇院內，瘋狂的
AK-47，死亡冷酷的金屬
伏爾泰大道血染的印記
滿地心弦綳斷的悸怖

那一夜，黑色的
巴黎啊，世界的憂鬱——

*悼記2015.11.13.巴黎恐攻。

禁錮

——在花市遇見一個侏儒

生理時鐘停擺，時針
戛然指向——童年。
不知情的靈魂持續長大
壓縮、摺疊、再壓縮⋯
塞進不合身的軀殼裏

穿行蓊鬱的跫音
他踮起腳跟，奮力撐高
被路過的眼角餘光矮化的自尊

他使勁攘臂——
始終搆接不到
上帝觸控亞當的手指

陷溺鬧嚷嚷的花團錦簇
他蔫萎的眼神，轉瞬
被幢幢蔓生的人影
……蔭沒

*註：「創造亞當」是米開蘭基羅為西斯汀教堂天花板所繪的聖經名畫。圖中，上帝伸出的手指即將觸及亞當，賦予他生命與靈魂。

乞者

披覆陳年的風霜
蹝縮在城市一隅
默數著行人過往的腳步
等待駐足的憐憫

是的，只需一點零錢
不要在我黯然的空碗裏
投擲多餘的目光
或者慷慨地
施捨無關緊要的結論

被命運無情鞭笞的
我那體無完膚的自尊啊
早已襤褸得承受不住
每個問號—沉重——
或者，輕蔑的評審

避雨

——流浪漢與他的狗

他頹坐騎樓打盹
勾垂的頭——
沉重得彷彿再也
撐不起渾身濕透的靈魂

安靜伏趴一旁
無視食盆內的空茫
牠耷拉的眼神，彷彿
盛滿著早衰的憂傷

彳亍在滿街競走的跫音間
被雜沓的風聲雨聲
威逼到世界的牆角
他與牠
始終是不離不棄的隊友

睏倦地警醒地
牠默默看守著他的夢鄉
悃悃守護一個⋯
又一個⋯滲漏的殘夢⋯⋯⋯

盜火者

惡火，突襲加薩走廊
在孩子驚恐的眼中張牙
舞爪的火光，轟然
照亮了
伊拉克邊境血色的夜空
在難民營觳觫的帳篷外
叫囂、嘶吼⋯

在宙斯的領空，無預警
引爆　連串死亡的問號
暴衝著

瘋狂流竄的惡火，猛然
撲向南台灣熟睡中的街道
破肚、開膛⋯
招引冥河彼岸盤旋的兀鷹
麇集　啄食生者皸裂的心

惡火延燒，我聽見
普羅米修斯撕天裂地的哀嚎——

＊悼記2014年戰爭、空難、氣爆⋯傷亡。

踽踽

掙脫捕風的
耳，捉影的眼
逃離　千張萬張
連線的嘴

屏著氣……不回頭。

在夜深林暗中
將傷痕累累的靈魂
一步一步、逼到

生命的斷崖，她霍然

撒手—直墜——文字魔魅的無底淵藪

*後記：驚聞某女作家自戕有感。

街貓

瞇著針孔的眼
慵懶地
跟拍陽光移位的動線
豎起雷達的耳
機警地偵測
夜，著陸的腳步

低調蹬伏在牆頭街角
牠們是最剽悍的城市獵人

蹲身、屏氣、潛行⋯⋯

猛一縱身——

就牢牢攫獲了你不設防的心！

非關天問

從世界的盡頭傳來
在你耳際嘩嘩流淌的
是冰河歡快融解的春汛？
還是
最後一頭北極熊崩落的
淚，連線著——
南極企鵝永夜的輓歌？

（這逆向行駛的天道
海嘯地震總是強行來訪

躁鬱的風雪旱澇……
　何時成為季節不速的常客？）

當心比天高的科技
把明日的夢
推入嚴禁迴轉的困境
沒有人追問：
塑膠和保麗龍能有幾世輪迴？
眷戀紅塵的戴奧辛
是否參悟了
人間無解的生死纏綿？

（那失聯的蜜蜂、失憶的鯨豚
　與失身斧鋸的原始山林
　可曾在虛擬實境的雲端

進行異次元時空的對話？）

推開自閉的心門
你終於聽見
生命滅絕的哀鳴
來自瀕臨窒息的大地
而靈魂輾轉的呻吟——
恰是飽受凌遲的地球
一聲急過一聲的呼
慟！

＊註：雲端，指網路科技。

輯四

和春天有約

芒花

渥髮，在水岸
摹寫一筆抗風的狂草
卻只蘸了
滿頭蒼茫秋色
愈搔，愈長——

菩提，有樹

鏡中
最後一粒塵埃隱匿⋯

風，翻動
禪定的葉片
陽光穿透心事明滅
開解
靈魂的暗釦

烈燄（三則）

——是身如燄，從渴愛生。
《維摩詰經》

＊大暑

鳳凰花開
灼灼
一樹火鑄的蝶

*瞬間

眼中光影抽搐
心，閃燃
齏化　灰　燼

*貪嗔

一隻巨蟒
潛行夜的深淵
吞—吐——
赤燄熊熊的蛇信

回暖（二章）

*立春

戀戀擁抱殘夢
那貓，突然醒來
推開季節沉重的影子
直撲
野性復發的陽光

*曬書

驚蟄的陽光
眼睜睜，看著
一群　草部木部的字
在大地袒露的肚皮上
——彈
跳！！！

*註：《世說新語》「排調」篇記載晉人郝隆日中袒腹曬書的故事。

情殤（外一首）

*

愛恨雙刃的利劍
猝然
刺向靈魂，刀
刀　致命！

*

淬毒的冷語射來
夜，應聲坼裂——

鄉居

小溪匆匆流照
歲月的容顏
在滌洗中模糊
而晨光，總也不老

山色流轉間
只有夕陽——
再度拉長了自己微醺的背影

木棉道

不負普羅米修斯
寒夜盡處，一盞盞
無風自燃的燈火
接力延燒……
續寫神話的緣起不滅
煌煌，照亮了
這滿目新色的人間三月

＊普羅米修斯，希臘神話中盜火至人間者。

無端三行（一）

＊甓

兩座眉峰角力
—摎擠—
平平仄仄的心事

＊茫

迷走的靈魂
尾隨著……
……解離的影子

*歿

眼睛關閉黑暗
出門
尋找口耳相傳的　光

無端三行（二）

＊人間

一隻受驚的貓
怦然打翻——
我醞釀多年的一罈月光

＊驚夢

風高、浪急
往事洶洶、、
撲打著噩夢的長堤

＊誤讀

一個趑趄
風，就踢翻了
……行進中的季節

和春天有約

*

體溫凝聚，絲絨
摩擦出革命的火花
溫柔　解凍了
布拉格的嚴冬

*

指數墜落斷崖——
暗夜中

臉色一片慘綠的股民
哀號著，苦等旭日
翻紅

*

喚醒海，喚醒
大地對色彩的記憶
雪萊的西風
橫掃過
文字冷漠的荒蕪

懸案

心靈的黑洞
—洞　開—
他與她的宇宙崩壞前夕
她與他，還忙著
追緝
那雙搧動颶風的蝶翼

僵局

是與非的撞擊
擺蕩著失根的靈魂
黑與白的敷衍
漸層化灰階的人性
愛恨無解的拉鋸，腰斬了
——永夜的夢——

春色（三種）

＊鐵砲百合

山陬海隅的流放
也折不彎桀驁的腰桿
鏗然、掙出——
一色無懼的　白！

*椿之語

深不見底的深情
灩灩　返照著
血滴的初心・・・

*繡球花開

酸與鹼不協調的舞步
擦撞　紅粉青紫紋身的
花容…色變。

*註：繡球花的顏色取決於土壤的酸鹼。

間歇二行

＊酒後

吐出亂箭——
射下　每個懸空的謊言

＊翻臉

急凍的笑容，失火
烙畫　一幅驚心的地獄變

*名牌

驥附的耳　過敏的鼻　盲從的嘴
串連起—媚俗的視線—

*迷途

從彼岸到此岸，時間
張口　吞下自己的尾巴

夕照

黃昏
一頭栽進池中
滿塘即將入夢的睡蓮
就，著火了

光與影的探戈
旋舞出升溫的激情
一幅滾沸的水花火花
瞬間從眼眶圈禁的印象
噴濺出
莫內的畫框外

懷古二首

*夜，漸涼

泠泠七弦上，靜聽松風寒；
古調雖自愛，今人多不彈。
——唐．劉長卿〈聽彈琴〉

月色層層剝落。。。

你佇立時間的路口
送別山水遠去的清音

一回首，才驚覺
滿樹舞踊的
松濤，都凍僵了

*古曲〈風入松〉，相傳為嵇康所作。

*換季

偶來松樹下，高枕石頭眠；
山中無曆日，寒盡不知年。
——唐・太上隱者〈答人〉

逃離紫爆逃離

紅塵，逃離
歲月逼促的腳步

他將身心
安頓在恆溫的季節裡
直到被來年的
一滴春雨…驚醒。

＊註：紫爆，PM2.5大於71微克，為等級最高的空氣汙染。

輯五

極目

十月・流火

——長野之秋

火花、花火
秋聲掩至
簇簇紅橙金黃
怦然　引爆
秋色炸破的閃燃！

滿山烈燄狂歡、、、、

未及轉場的心境

又被季節返照的迴光
驚出——
一身寂滅颯然

*長野，位於日本長野縣。

極目

——秋日登岳陽樓

時空解碼
視覺，瞬間連線
唐朝的朝暉宋朝的夕陰

換上一身紅牆金瓦
這幾度浴火的樓閣飛簷
依舊挺肩，承擔著
歷史年久失修的天空

漂流過百年的風千年的雨

詩人懷鄉憂國的孤舟遠去
極目——
只見一湖消瘦的洞庭
粼粼，包容著
一湖未乾的老淚

＊范仲淹〈岳陽樓記〉：「朝暉夕陰，氣象萬千。」
＊杜甫〈登岳陽樓〉：「親朋無一字，老病有孤舟。」

時間的迷霧

——河內客途見聞

車窗外，那婦人
鉗起一顆熾紅煤球
時光　瞬間跌落
——半個世紀的溝壑

暗黑的黑暗中，有光
倏忽　眨、閃、
　是一朵朵
　　焚心的火？

是一盞盞
　殺戮的眼？
烙記著
東方西方逐鹿的爭戰
血淋淋　撕裂了
一體成型的北與南

水田上，懷舊的斗笠
依然向春日的大地彎腰
那頭反芻著記憶的老牛
卻遲遲　走不出時間
迴蕩的迷霧……

*河內，今越南首都。
*越戰期間，以北緯十七度線劃分南北越。

狩獵陽光

擺脫糾纏的冷冬
卸下一身沉重濕寒
穿越赤道，追逐
翻轉季節的晴暖

號角聲響
戰鼓擂動鼕鼕心跳
出獵——
在廣袤的天地間
搜捕與風競飆的野性

在蠢蠢欲動的草叢中
掃瞄每一雙炯炯潛伏的眼神

掙脫文明的羈絆
釋放僵凍的靈魂
在莽荒的馬布拉草原
我們用最原始的熱血
狩獵
滿地奔馳的陽光

*南非「馬布拉草原」safari紀行。

夜霧

——「溫徹斯特古屋」記遊

暮色隱退
盤桓生命渡口的
暗霧，再度來襲……

金屋樓高
星子們都迷路了
那穿越死蔭幽谷的魂魄
能否穿過一道
又一道曲折的迴廊

穿透一層又一層
神秘的傳說
今夜，他是否依約前來
拂拭我枕畔未涼的
一滴淚。

啊，那沉沉夜色
終將在霧中沉沉老去
只剩繾綣的風
來回，篦梳著——
——滿室華麗的寂寞

*註：溫徹斯特古屋（Winchester Mystery House）座落於美國加州San Jose，是一棟維多利亞式的豪宅。屋主英年早逝，女主人空閨獨守，終老於此，生前常藉靈媒驅鬼並與亡夫冥通。

失落的夢土

——亞特蘭提斯

攔截洄溯的時光
潛入冰河紀的末梢
造訪沉睡的廢墟
探勘千古無解的謎

傳說，那人間蒸發的帝國
曾經攀登文明的頂峰
莊嚴的聖殿與萬仞宮牆外
有金色的光河層層護遶

那片隸屬神話的領土
曾經居住著多少高尚的靈魂
未被貪婪的地震裂解
被墮落的海嘯吞噬之前
豐饒的精神與物質，總是
同步填滿生命的倉儲

沉淪到歷史的外海之外
神秘的亞特蘭提斯啊
你座落在柏拉圖心底
也是人類永遠失聯的夢土

＊註：「亞特蘭提斯」（Atlantis）是傳說中的文明古國，最早見於柏拉圖的對話錄，距今約一萬兩千年。其後因為火山地震，一夕被洪水淹沒。

仲夏・愛琴海

蘸一筆
純淨天色，漆刷
一扇又一扇晴朗的木門
再蘸一筆無痕水色
塗遍這島上
每一扇看海的窗櫺

炎陽下
過境的雲朵都已遠走
這炫眼的潔癖雪色

只能留給路過的浪
或者，留給
不容塵勞塗鴉的粉牆

這天空海闊的滿檔浪漫
已容不下俗世多餘的色彩
只有或深或淺的
藍
只有一色執拗的
白

*旅遊希臘聖托里尼島（Santorini）有感。

細雪紛飛

——東京冬夜

夜，打了個寒顫
最後一聲蟲鳴就此消音

枝椏上
怯怯探頭的緋櫻
哆嗦著，冷眼
圍觀一盞溫暖燈色

光束中紛飛的細雪
霏⋯霏⋯⋯
搔撓著
旅人心頭霏霏飄舞的
⋯閒愁

穿越北緯線

——夏末巴羅記行

往北，再往北
一路追蹤北極星遺落的足印
直到群山隱沒，眾水失聲
白楊赤松逐步引退
火燄花黯然熄火
這凋萎的塵世，終究
只剩寂寂荒漠

這極光棲居的極地

是愛斯基摩人眷戀的原鄉與
異鄉，也是海豹鯨魚
生死浮沉的地獄與天堂
北冰洋蒼白的風，終年拂掠
晝夜失溫的凍原上
只有心事沉重的灰雲
與一身襤褸的苔蘚地衣
晝夜無休地，佈展著
天地最後一幕無垠的荒蕪

崖立世界的頂端
遙望浮冰流浪的海面
方位歸零。意識
歸零。僵凍的視線
冷不防掙脫時空的縲絏

投射海平線外——
一色無涯的無始無劫
也無終……

*註：巴羅（Barrow）為阿拉斯加最北端的城鎮，當地的愛斯基摩人於二千年前由亞洲越過白令海峽遷徙而來，至今仍以獵捕鯨魚海豹為主食。

約誓

——人面獅身像的囈語

別問我在此蹲踞多久
百年千年，我總是這樣的姿態
這冷眼睥睨人世的王者之尊
任憑時光的河從眼前奔流而過
烈日風沙模糊了我神秘的面容
千年百年，我只信守
這永生的承諾
永世守護荒漠中沉睡的
那高貴的靈魂

任憑時光的河
沖洗過多少王朝興替的風風雨雨
鐵騎過處
曾經揚起多少滾滾沙塵風暴
煙硝戰火昏晦了諸神的天空
直到塵埃盡落
法老的詛咒頹然喑啞
千古謎題如骨牌紛紛崩落
而天地，始終無言

天地無言，唯有我
始終是這樣的姿態
始終守候著尼羅河岸
每一個樓起樓塌的日出
——月落

＊註：埃及第一座人面獅身像位於尼羅河西岸的卡夫拉金字塔前，據說是依照法老王生前的容貌雕塑，也是金字塔的守護神。

夢回巴比倫

沉睡——
在永不熄燈的一千零一夜
直到牧笛喚醒晨曦
號角吹開風中迷霧，遠方
辛巴達的奇幻之旅正要啟航

夢中的美索不達米亞平原
曾經被眾神祝福的沃土
那座懸掛世人心頭的空中花園
是否依舊流淌著甘甜的奶與蜜

流溢著安美依迪絲泉湧的鄉思？
被斲毀的巴比塔上，是否依舊
頑強地堆疊著人類永無止盡的貪欲？

遠方，漫天黃沙
滾滾淹沒了廢墟殘存的神諭
千把萬把弦月彎刀，從地平線外
昇起，霍然斬斷了帝國熾烈的輝煌
千匹萬匹嘶鳴的戰馬
一腳踏翻了古文明的搖籃

被烽火幾度灼傷的巴比倫啊
一條條粗暴的油管
已無情地將大地的鮮血抽乾
坦克戰機接手輪暴沉痾的歷史

槍口下的玫瑰，黯然蔫萎⋯
禿鷹盤旋在乾旱的天空

和平，依舊渴望著荒漠甘泉。

＊註：古巴比倫王國建都於幼發拉底河右岸的美索不達米亞平原上（今伊拉克首都巴格達以南），西元前六世紀為波斯所滅。
＊巴比倫的「空中花園」為尼布甲尼撒二世（604~562B.C.）為安慰思鄉的王妃安美依迪絲所建。
＊巴比塔，聖經舊約故事中通往天堂的高塔，後為上帝毀滅。傳說此塔即建於巴比倫。

輯六

千陽之外

百年孤寂

豪雨下個不停……
馬康多村裡村外的鬼魂們
都急著找水
清洗孤獨的傷口

廢墟中，吉卜賽人的預言
走遠了又回頭
家族的夢魘，集體
風乾在一張失血的羊皮紙上
老布恩迪亞始終弄不明白：

地球，是顆沒有蒂頭的橙子？

愛情在時間的枝椏上枯死
阿瑪蘭達的壽衣拆了又織
子彈穿過每個不知為何而戰的胸膛
魔幻，或者寫實——
都抵擋不住文明的終極迫害

*《百年孤寂》，賈西亞．馬奎斯著。以布恩迪亞家族的百年興衰，喻寫拉丁美洲的歷史與滄桑。

漫漶

——只有此刻，我可以零距離擁抱自己。

蝴蝶，醒來了嗎？

風翻越時間的沙丘
一口、一口
吞噬昨日的腳印

她俯身，撿拾
滿地碎裂的花瓣
一恍神，就踩疼了

自己
失語的影子
凋謝了嗎？
那隻褪色的，蝴……蝶……

＊電影《我想念我自己》（Still Alice），演繹早發性阿茲海默症患者的故事。

那一眼

——擬白素真劫遇法海

「不——許——」
他的眼，聚焦
瞬間凝鑄成無情利斧
意欲斫斬我紅塵繾綣的
情絲ʃʃ蜿蜒ʃʃ

那樣鋒利冷冽的森然啊
從百千萬劫的前世
一路窮追……不捨

只為破解我千年修練的
人身難得

「不許——愛！」
那一斧決絕，砉然
磔斷因果相生的癡愛
任憑我
淚　飆湧成破空
長浪，也漫淹不過
這磐石難撼的金山法海！

他在文字裏，夢遊…

——讀閻連科《日熄》

日頭魘著了——

天昏著地暗著
他舉起文字的鎬
一字、一字、鑿開時間的黑洞
把皋田村的噩夢一個接一個推入
揮著汗舞著筆
他點燃文字的火

燒沸村民體內逆流的血液
燒化每個畏光的真相，留下
謊言　粗礪的骨灰。。。

夢囈著譫妄著魔魅著
一字一句
拆卸　螺絲鬆脫的人性
他，猛一抽身
任讀者散架的驚駭　碎　落　滿地

*註：《日熄》一書寫「皋田村」的村民因溽暑與時間停滯，相繼出現夢遊症，導致心性錯亂，甚至偷搶打殺。作者也化身村民，在書中穿梭遊走，以魔幻寫實與獨特的筆法諷刺人性赤裸的欲望與曖昧混沌。

潛在

——觀羅蘭珊畫展

美的表面張力
抑止了
那頭頻頻舔舐傷口的牝鹿
眼中水漾的淚。

怯生生踩著月色
穿行　林中透著光的霧
一路追尋朦朧的
粉紅淺灰、嫩綠鵝黃

以及青鳥銜來的
藍，那抹不屬於人間的色彩

終結靈魂的流亡
她終於調色出
一幅塞那河畔最時尚的夢幻
用層層唯美
包裝　易碎的自我
再也不怕
被愛與死亡遺忘…

*羅蘭珊（Marie Laurencin）廿世紀初法國著名藝術家，畫風唯美，被稱為「巴黎畫派最美麗的牝鹿」，曾與詩人阿波里奈爾有一段刻骨銘心的戀情。
*羅蘭珊詩作〈鎮痛劑〉名句：「比死去的女人更可悲的，是被遺忘的女人。」

殘夜

——讀沈從文《邊城》

昨夜，你乘小舟而來
歌聲划破——
一溪怔忡殘夢

嘶啞著嗓，我在渡頭呼喚
而你前行彼岸的槳聲
已伴隨凋零的燈花遠去⋯

我急急打撈
餘波蕩漾的光影
將破碎的往事
一片一片，拼貼
在茶峒青翠的山水上

猛一醒來
窗外依舊是失眠的風
依舊是
殘缺的月

時間，在癱熔中……

——觀達利（Salvador Dali）雕塑

開—開——關！關！！
一層層潛意識的抽屜
反覆吞吐著　慾望
焚身的火舌

烈燄狂舞中，魔幻3D
是通往異想世界的密碼
超現實的四度空間
重新建構起佛洛伊德解析的夢

玫瑰鍍金、蝶吻屏息
形塑愛情不朽的驚豔
蛇與蘋果的傳說，因此
成為累世難逃的誘惑

馬背上奔馳的時間
癱倒在失去輪廓的夢境
熔解、滴落……
再度凝鑄為
生命變形的重軛

絕色

——黑VS.白

從躑躅的灰階抽身——
兩個背向的靈魂
猛一面對，瞬間
急凍了決絕的壁壘
所有驚駭的紅塵色相
紛紛剝離、褪去、、

雪落無痕之後
這極地荒寒的月夜
只剩滿目淨空的冷冽
映照著
彼此僵持的光影

這輪廓清明的天地間
只是一念不染的
寂然⋯澄定。

秘方

——讀徐四金《香水》

這城市總是通風不良
水仙百合自閉的馥郁
熟爛得令人窒息

割斷鎖鍊街腥臭的臍帶
他從霉腐的銘印脫身
攀登剛韃鉛彈火山的峰頂
用力聞嗅空氣中
遠遠近近浮飄的分子

貪婪地捕獵
每一絲不屬於自己的氣味

一滴橙花精兩匙玫瑰油
乳香末藥蘇合膏麝香露
再加半縷⋯⋯
少女如花初綻的幽隱體香

濾淨塵世荒涼的冷漠
萃取人性最精純的狂熱
他終於煉製出致命的
香，療癒了
一身蝕骨的孤寂

*註：《香水》一書主角葛奴乙一出生就被遺棄在魚市的垃圾堆中。他天生沒有體味，為了製造絕世香水，勤奮學藝，甚至不惜殺害無辜少女，竊取她們獨特的體香。

貓語錄

（一）

踩著桑德堡遺落的霧
蹲踞在沉默的港口
瞇著眼，把這城市閱讀成
一首後現代的朦朧詩

（二）

踡臥在海明威的桌角
豎耳聆聽老人與海的故事
猛一起身，就打翻了一整本
隔海遠去的戰地鐘聲……

（三）

躥奔光影打烊的街巷
頂著發霉的月色
用力嘶吼躁鬱的青春！
而後，披上一身虬結的滄桑
在韋伯的「回憶」裏終老

（四）

既無長鋏，就別高唱歸去來兮
既不供魚——
就只能瘦身，苟活在
放翁清苦的絕句裏

（五）

不搖尾不乞憐
沒錯，我是貓
縱躍夏目漱石的文字
冷眼閒看
這人間荒漠的炎涼溫度

＊註：

（一）桑德堡詩：「霧來了，以小貓的腳步……」

（二）海明威愛貓，寫作時，老貓波西經常伏案相陪。

（三）〈Memory〉是韋伯歌劇《貓》中最著名的歌曲。

（四）陸游〈贈貓〉詩：「慚愧家貧策勳薄，寒無氈坐食無魚。」，馮諼歌：「長鋏兮歸來，食無魚。」

（五）《我是貓》，夏目漱石名著，藉由貓眼觀世。

穿越銀幕的火線

惡魔四面襲來，我挾雷霆八方還擊。從極地穿越沙漠，自天堂俯衝地獄，深入黑夜最隱密的核心。一槍！擊中每個預設的標的。

醇酒、美女是騰沸血液不可或缺的燃料，飛車、快艇、直升機、or超酷炫的哈雷……一路追逐極限飆速的動力。命運的賭盤上，一翻兩瞪眼的梭哈，全程繃緊著你失控的呼吸。

縱橫昨日今日的世界，翻轉超現實的明日危機。在生死一線的鋼索上快步疾走半世紀——我，是不死的007！

＊《惡魔四伏》（Spectre），007第24部電影，2015年上映。

他的哀歌

——《鐘樓怪人》最後一幕

一滴愛的甘露
滋潤我
乾裂的唇，灼痛的喉
澆滅了這無間地獄
無處可逃的烈火

（舞吧，艾絲梅拉達）
馱負著畸零的宿命
妳的眼中，有光

擦亮鏽蝕的世界
救贖了我無期徒刑的自囚
又將我推落苦戀的深淵

（唱吧，艾絲梅拉達）
蜷縮在夜的角落
妳的歌聲，滌洗黑暗
釋放了我受縛的靈魂
又將我的心緊緊綑綁

這蝕鏽的世界如此殘酷
連聖母院的鐘聲都已喑啞……
只有死亡能讓我們遠離苦難
一起摘取天堂的星光
唱吧舞吧，我的

艾絲梅拉達

我永遠的——美麗佳人

*後記：2013年初於國父紀念館觀賞歌劇《鐘樓怪人》。最後一幕為「鐘樓怪人」科西莫多抱著死去的艾絲梅拉達高聲悲唱，聲聲扣人心弦。

*又：科西莫多在遭受酷刑時，艾斯梅拉達曾給他一杯水，讓他深受感動，也一見傾心。

蟲事（四則）

*螳螂紋字

鼓起賁張的怒眼
揮舞鐮臂，攔路
嚇阻暴衝而來的寓言
猛不防
被搶鏡頭的黃雀
搧落　成語的扉頁
驚起埋伏的蟬聲
驟響，如雨……

*螳臂當車，語出《莊子》。

*蜂螫

不回頭。
那一針擬態的死亡之吻
就此了斷
牽腸——掛肚的宿命

*蟑螂物語

高舉
識時務的觸鬚
迴避　暴龍暴躁的腳印
從石炭紀爬過侏儸紀
穿行天堂與地獄的誘餌

快遞基因，直達
死神掃瞄不到的縫隙

*蟻路

背負著卑微的自我
沿循祖祖輩輩的來時路
迤邐行走千年…萬年…
卻在《南柯記》的字陣中
遺失了前世
那場遊戲人間的夢

*《南柯記》，明朝湯顯祖劇作。

畫魂

——觀「富春山居圖」合璧

鈐蓋火吻的烙印
從貪嗔癡愛的烈燄中逃生

掙脫塵世自畫的囹圄
走向水，走向山
走進筆墨有情的深淺濃淡
在亂石激流間聽雨聽風
聽松濤與溪水
無始無終的偈語

兩截斷裂的剩水殘山
就此浮漂時空的河
在高低冷暖的體溫間
洄漩流轉
隔著歷史的兩岸
遙相呼喚——
呼喚彼此殘缺的靈魂

任癡愛顛狂的烈燄
熊熊　焚燒過
色身幾番死生契闊
我的心，只是
江天不染的無涯水色
映照著畫裏畫外的
一葉舟輕

＊後記：「富春山居圖」為元代畫家黃公望名作。數度易手，1650年曾遭火焚，幸被搶救，但已斷裂成兩截。其後，「剩山圖」由浙江博物館，「無用師卷」由台北故宮博物院分別收藏。2011年夏，終於在台北故宮合璧展出。

千陽之外

——她，名叫瑪黎安

「數不盡照耀她屋頂的皎潔明月
數不盡隱身她牆後的燦爛千陽」

風有千眼
古爾達曼村郊的千條垂柳
總是穿透一個又一個
無邊噩夢，向她招手
斷崖下——
童年的溪聲啾啾不休

赫特拉宣禮塔的禱詞，喃喃
安撫著戰慄的楸木與白楊

政變、戰爭、坦克、砲火
AK-47槍響與巴掌咻咻橫飛過耳際
火箭彈與拳頭隆隆直落如驟雨⋯
他說女人的臉只屬於丈夫
沒有表情，是唯一的活路？

戰爭、巴掌、砲火、拳頭
喀布爾沸騰的夜⋯
隱身布卡下，她默默縫補著
一片片破碎的月光，用來
冰敷　身心碎裂的劇痛

風有千手
吹起牢房外的塵埃，吹動
心底　千條柳枝搖擺
愛與被愛——曾經如此沉重
她鬆手，釋放禁錮的歎息
釋出雲層外的　千陽
如此燦亮！

*前二句為十七世紀波斯詩人薩伊伯讚頌阿富汗首都喀布爾的詩句。
*瑪黎安，《燦爛千陽》（卡德勒．胡賽尼著）主角，命運極為坎坷。
*布卡，burqa，伊斯蘭婦女的傳統罩袍，只露出眼睛。

後記

現代詩是我最晚著手的文類。琢磨著揣寫著，屈指一算，才驚覺時光從筆尖滑逝，一晃竟已二十餘載。這段時日，不再獨鍾小說；近幾年來，更因編輯詩刊，將寫作重心移轉到現代詩上，也自覺詩的風格在延伸閱讀與不斷顛覆的思考中應有所轉化，直到有詩友提及我的某些詩作「讀起來有小說的味道」，才教我愕然失笑，果真是積習難改啊。

文學植根於生活，小說、散文、新詩，於我無非都是生命旅程的閱歷與心靈的感動觸發。詩是以最精簡的文字，呈現最深邃的意象；現代詩更賦予創作者絕對的自由，卻也因此加重了自我挑戰的難度。羅伯．佛斯特（Robert Frost）一句「我和世界有過情人的爭執。」令人心蕩神馳，也激發多少意在言外的想像空間。反覆與自我對話、和世界拉鋸，這「言有盡而意無窮」的奇特魅力，想必也是許多詩人持續創作的動力。

整理詩作時，許多逐漸淡出記憶的人事與場景，都重新顯影；多少拂過心頭的驚鴻掠影、暗香浮動，也穿越時空，紛至沓來。那極地無盡荒涼的永凍層、熱帶野性爆發的陽光，那一頁頁靈動跳躍的文字、一張張熟悉或陌生的面孔，在惝恍流轉的時光中，彷彿極其遙遠，又如此貼近。

「冰河裂解的時刻／肯定伴隨陣陣驚天奔雷／地殼慌惶推擠，群山／駭然破海而出——／嵯峨　如狼牙戟立／將我困鎖這榛莽島嶼」這是在武陵農場聽到櫻花鉤吻鮭的身世與「陸封」一詞的生態解說時，伴隨內心一陣觳觫後浮現腦際的乾坤大挪移；「戰爭、巴掌、砲火、拳頭⋯⋯／隱身布卡下，她默默縫補著／一片片破碎的月光，用來／冰敷　身心碎裂的劇痛」重讀《燦爛千陽》，內心的驚悚與揪痛依然緊隨著作者蘸滿血淚的筆，穿行在阿富汗的連天烽火與受虐婦女的無間煉獄中；「倒數著落日／妳是繞樹三匝的漂鳥／看盡燈色冷暖，對酒／放歌——／任人間一夕老去」那個以低沉嗓音唱著「500 miles away from home」的菲籍歌手，再次將我的心境曳引到青春的寂寞疏離⋯⋯。

詩是第一道晨光，最後一抹月色。走過歲月，不敢言顛沛流離，卻已歷經人世的幾番風雨；談不上用詩寫日記，卻也筆隨意走地記錄了生命中的片段章節——詩，是一陣悸動，撣起覆蓋心靈的塵灰。

語言文學類　PG2091　秀詩人43

時間的迷霧

作　　者／莫　云
責任編輯／陳慈蓉
圖文排版／林宛榆
封面設計／蔡瑋筠

發 行 人／宋政坤
法律顧問／毛國樑　律師
出版發行／秀威資訊科技股份有限公司
114台北市內湖區瑞光路76巷65號1樓
電話：+886-2-2796-3638　傳真：+886-2-2796-1377
http://www.showwe.com.tw
劃撥帳號／19563868　戶名：秀威資訊科技股份有限公司
讀者服務信箱：service@showwe.com.tw
展售門市／國家書店（松江門市）
104台北市中山區松江路209號1樓
電話：+886-2-2518-0207　傳真：+886-2-2518-0778
網路訂購／秀威網路書店：https://store.showwe.tw
國家網路書店：https://www.govbooks.com.tw

2018年12月　BOD一版
定價：250元

國家圖書館出版品預行編目

時間的迷霧 / 莫云著. -- 一版. -- 臺北市 : 秀威資訊科技, 2018.12
面；　公分. -- (語言文學類 ; PG2091)(秀詩人 ; 43)
BOD版
ISBN 978-986-326-633-4(平裝)

851.486　　107019428

讀者回函卡

感謝您購買本書，為提升服務品質，請填妥以下資料，將讀者回函卡直接寄回或傳真本公司，收到您的寶貴意見後，我們會收藏記錄及檢討，謝謝！

如您需要了解本公司最新出版書目、購書優惠或企劃活動，歡迎您上網查詢或下載相關資料：http:// www.showwe.com.tw

您購買的書名：＿＿＿＿＿＿＿＿＿＿＿＿＿＿＿＿＿＿＿＿＿＿＿

出生日期：＿＿＿＿＿年＿＿＿＿＿月＿＿＿＿＿日

學歷：□高中（含）以下　□大專　□研究所（含）以上

職業：□製造業　□金融業　□資訊業　□軍警　□傳播業　□自由業

□服務業　□公務員　□教職　□學生　□家管　□其它＿＿＿

購書地點：□網路書店　□實體書店　□書展　□郵購　□贈閱　□其他

您從何得知本書的消息？

□網路書店　□實體書店　□網路搜尋　□電子報　□書訊　□雜誌

□傳播媒體　□親友推薦　□網站推薦　□部落格　□其他＿＿＿＿＿

您對本書的評價：（請填代號　1.非常滿意　2.滿意　3.尚可　4.再改進）

封面設計＿＿　版面編排＿＿　內容＿＿　文／譯筆＿＿　價格＿＿

讀完書後您覺得：

□很有收穫　□有收穫　□收穫不多　□沒收穫

對我們的建議：＿＿＿＿＿＿＿＿＿＿＿＿＿＿＿＿＿＿＿＿＿＿＿

＿＿＿＿＿＿＿＿＿＿＿＿＿＿＿＿＿＿＿＿＿＿＿＿＿＿＿＿＿＿

＿＿＿＿＿＿＿＿＿＿＿＿＿＿＿＿＿＿＿＿＿＿＿＿＿＿＿＿＿＿

＿＿＿＿＿＿＿＿＿＿＿＿＿＿＿＿＿＿＿＿＿＿＿＿＿＿＿＿＿＿

請貼
郵票

11466
台北市內湖區瑞光路 76 巷 65 號 1 樓
秀威資訊科技股份有限公司 收
BOD 數位出版事業部

（請沿線對折寄回，謝謝！）

姓　　名：________________　年齡：________　性別：□女　□男

郵遞區號：□□□□□

地　　址：____

聯絡電話：(日)________________　(夜)________________

E-mail：____